CUIDADO. N
PELIGRO.
MEJOR NO ABRAS
ESTE LIBRO.

LA **ESCUELA** de **MONSTRUOS** HA ABIERTO SUS PUERTAS.

ESTE LIBRO PERTENECE A

APRENDE A LEER
- en la -
ESCUELA de MONSTRUOS

Ilustraciones de **CHRIS KENNETT**

SALLY RIPPIN
Adaptación de **MAR BENEGAS**

UNA LIADA DE MERMELADA

Montena

EL COLEGIO ESTÁ APESTOSO

HUELE COMO EL PEDO DE UN OSO.

SAMUEL COMIENZA A ALMORZAR.

¡ÑAM!
MERMELADA
SIN PARAR.

LA MERMELADA,
TAN PRINGOSA,

SE PEGA POR
TODAS LAS COSAS.

CHOF

SAMUEL LO
ESTÁ MANCHANDO
TODO.

CUADROS,
PUERTAS Y HASTA
SUS CODOS.

MAURO NO SABE QUIÉN FUE.

¿FUE SUSANA O QUIZÁ SAMUEL?

SUSANA ESTÁ MUY ENFADADA

Y ÉL MANCHADO DE MERMELADA.

VA MUY TRISTE
POR EL JARDÍN

A VER A SU
AMIGO TINTÍN.

ESNIF
ESNIF

PARA LIMPIAR
TODO AL
INSTANTE

SE LE OCURRE UN
PLAN BRILLANTE.

ÉL ADORA
LA MERMELADA.

CON SU LENGUA NO DEJA NADA.

¡MMMMMM!

LAS BABAS LO HACEN BRILLAR.

ASÍ AL COLE
NO PUEDE
ENTRAR.

SAMUEL HA TENIDO UNA IDEA:

¡LIMPIO!, SIN
QUE NADIE LO VEA.

LE QUEDA UN ENORME TRABAJO.

LE AYUDA TINTÍN,
QUE ES
MUY MAJO.

MU
MU
MUU

COMO ADORA
LA MERMELADA,

SE LA COME
SIN DEJAR NADA.

MAURO FELICITA
A SAMUEL,

PUES PIENSA
QUE HA SIDO ÉL.

—LIMPIASTE TODO CON AMOR.

ME PREGUNTO: ¿QUÉ ES ESE OLOR?

PRINGOSA

TODO

CODOS

INSTANTE

SAMUEL

ENFADADA

JARDÍN

TINTÍN

BRILLANTE

ENTRAR

IDEA

MAJO

NADA

MERMELADA

OLOR

ÉL

TRABAJO

AMOR

CÓMO USAR ESTE LIBRO

¡Aprende a leer en la Escuela de Monstruos!

Uno de los mayores placeres de los pequeños lectores es escuchar leer en voz alta a los mayores. Leer y contar cuentos es la mejor forma para que asocien los libros con una experiencia divertida, y es un momento perfecto para que se familiaricen con el lenguaje y aprendan a leer.

TRUCOS Y RECURSOS PARA GUIAR Y MEJORAR LA LECTURA

- Es recomendable comentar juntos y hacerles preguntas sobre qué ven en las imágenes para ayudarles a complementar la historia.

- Según avanzamos en la lectura, podemos ir siguiendo el texto con el dedo de izquierda a derecha, esto les ayuda a incorporar ese movimiento visual para aprender a leer.

- Para ayudarles a aprender las palabras que no conocen podemos indicarles el sonido de algunas letras. Es recomendable referirse a las letras tal como suenan y no tal como se dicen. Es decir la "eme" será "m", no "eme".

- Podemos ir señalando las palabras en azul para que se familiaricen con ellas y las integren en su vocabulario. Según vaya incrementándose su confianza, es conveniente hacer una pausa en las palabras destacadas para que las pronuncie sin ayuda.

- Luego podremos volver a practicar estas palabras usando la lista que se encuentra al final del libro.

Poco a poco los pequeños lectores se sentirán preparados para enfrentarse a la lectura de todo el libro sin ayuda. Incluso se atreverán a inventarse sus propias historias de monstruos. ¡Imaginación al poder!

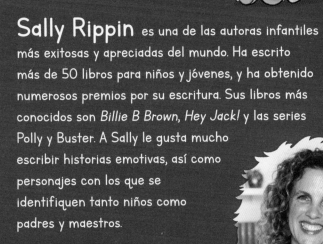

Sally Rippin es una de las autoras infantiles más exitosas y apreciadas del mundo. Ha escrito más de 50 libros para niños y jóvenes, y ha obtenido numerosos premios por su escritura. Sus libros más conocidos son *Billie B Brown*, *Hey Jack!* y las series Polly y Buster. A Sally le gusta mucho escribir historias emotivas, así como personajes con los que se identifiquen tanto niños como padres y maestros.

WWW.SCHOOLOFMONSTERS.COM

CÓMO DIBUJAR A

SAMUEL
EL PELUDO

① Coge un lápiz y dibuja dos círculos y una boca sonriente.

② Añade una especie de nube esponjosa en la parte superior, unas cejas muy pobladas y dos dientes puntiagudos.

③ Dibuja dos líneas onduladas para el cuerpo, con un rectángulo en la parte inferior. Y otros dos rectángulos más para las cintas de las muñecas.

④ Dibuja brazos peludos desde el cuerpo hasta las muñecas y dos piernas también peludas. Añade una pequeña línea para crear los pantalones cortos.

(5) Dibuja las manos y los pies. En las manos, tres dedos y un pulgar; y tres dedos en los pies.

(6) ¡Es el momento de los detalles! Añade a tu dibujo cuernos, líneas en sus muñecas y un cinturón. ¡No te olvides de añadirle una cola muy peluda!

Chris Kennett lleva dibujando desde que es capaz de sostener un lápiz (o eso dice su madre). Profesionalmente, Chris ha estado dibujando personajes extravagantes durante los últimos 20 años. Es muy conocido por dibujar las criaturas extrañas y maravillosas de la saga de Star Wars, pero también le encanta dibujar monstruos tiernos y adorables, ¡y espera que tú también lo hagas!

ESCUELA de MONSTRUOS

¿HAS LEÍDO
TODOS LOS
LIBROS DE LA
COLECCIÓN?

Papel certificado por el Forest Stewardship Council®

MIXTO
Papel procedente de
fuentes responsables
FSC® C117695

Penguin
Random House
Grupo Editorial

Título original: *Hairy Sam Loves Bread and Jam*

Primera edición: septiembre de 2021
Tercera reimpresión: marzo de 2022

© 2021, Sally Rippin, por el texto
© 2021, Chris Kennett, por las ilustraciones
© 2021, Hardie Grant Children's Publishing, por el diseño de la serie
Publicado por primera vez en Australia por Hardie Grant Children's Publishing
Derechos negociados a través de Ute Körner Literary Agent - www.uklitag.com
Todos los derechos reservados, incluidos los derechos de
reproducción total o parcial en cualquier forma.
© 2021, Penguin Random House Grupo Editorial, S. A. U.
Travessera de Gràcia, 47-49. 08021 Barcelona
© 2021, Mar Benegas y Jesús Ge, por la traducción

Printed in Spain – Impreso en España

ISBN: 978-84-18483-09-7
Depósito legal: B-9.005-2021

Compuesto por: Marc Cubillas

Impreso en Talleres Gráficos Soler
Esplugues de Llobregat (Barcelona)

GT 83097